KB122963

�013

황금알 시인선 151

꼭

초판발행일 | 2017년 6월 30일
2쇄 발행일 | 2017년 12월 12일

지은이 | 유자효
펴낸곳 | 도서출판 황금알
펴낸이 | 金永馥
선정위원 | 김영승 · 마종기 · 유안진 · 이수익
주간 | 김영탁
편집실장 | 조경숙
표지디자인 | 칼라박스
주소 | 03088 서울시 종로구 이화장2길 29-3, 104호(동숭동)
물류센타(직송 · 반품) | 100-272 서울시 중구 필동2가 124-6 1F
전화 | 02)2275-9171
팩스 | 02)2275-9172
이메일 | tibet21@hanmail.net
홈페이지 | http://goldegg21.com
출판등록 | 2003년 03월 26일(제300-2003-230호)

©2017 유자효 & Gold Egg Publishing Company Printed in Korea

값은 뒤표지에 있습니다.

ISBN 979-11-86547-67-0-03810

꼭

유자효 시집

황금알

생의 완성을 향하여

나의 삶은 두 가지 궤적으로 짜여 있다. 하나는 어려서부터 해오던 문인의 길이고, 다른 하나는 직업으로 택했던 방송인의 길이다. 나는 이 두 길을 함께 걸어왔다. 방송기자로 바쁜 생활을 할 때도 나는 시인임을 잊지 않았다. 또한 나는 전업 작가가 된 뒤에도 방송을 하고 있다.

방송기자를 할 때, 선배들은 나의 기사가 시적이라고 했다. 기사를 쓰며 나는 시의 덕을 많이 보았다. 시간의 제약 때문에 압축해야 하는 방송 기사 작성이 시를 쓰는 것과 닮았기 때문이다.

요즘 나는 내 시가 기사와 닮았다는 것을 느낀다. 시의 제재를 나의 주변 사회현상에서 채택하며 기사 쓰듯이 스케치하고 있는 나를 발견하기 때문이다. 나는 시인 같은 기자였으며 기자 같은 시인이었다. 두 길은 어렸을 때부터 내가 걷고 싶은 길이었으며 이제 한 길에서 만나게 되었다.

나는 정직하게 살려고 노력했다. 소중한 나의 시에서 거짓말을 하지 않았다. 내 재주의 부족으로 완성도가 떨어지는 작품은 있어도 거짓으로 쓴 작품은 없다. 나는 또한 내 직업에 성실했다. 나는 방송을 신성하게 여겼고, 신성한 직업 앞에 성실하려고 노력했다. 70 고개를 넘어서며 요즘 나의 관심사는 인생의 완성이다. 이 시집은 그 출발 선상 쯤이 될 것이다.

차 례

1부

2부

3부

4부

1부

꼭

꼭
돌아갈 거야
그 날 그 시간 그곳
이제는 영원이 되어
흔적 없이 사라진
그 날 그 시간 그곳
우리 다시 만나
꼭

유언

어제도 썼다
오늘도 썼다
내일도 쓸까
내 글을 누가 볼까
보고 있을까
이제 나는 유언을 쓰고 있는데

낙타

　어미 잃은 새끼 낙타에게 젖을 허락하지 않던 암낙타가
　마두금*을 불어주고 주인이 따뜻한 손길로 쓰다듬어
주자
　눈물을 흘리며 이윽고 젖을 물린다
　낙타가 마음을 여는 데도 마두금 연주 정도는 필요했
건만
　나는 네 마음을 열기 위해 그 어떤 노력을 했단 말인가

　* 마두금(馬頭琴): 몽골의 악기

도시샤의 봄

일본 쿄토 도시샤 대학에 매화가 피었다
한쪽은 붉은색, 한쪽은 흰색
매화의 뒤에 두 개의 비가 나란히 서 있었다
한쪽은 정지용, 한쪽은 윤동주
매운 겨울 가고
봄 매화 화려한 빛이 시비를 덮고 있었다
인생은 잔인했으나 예술은 찬란했다

예술론

조수미가 말했다
예술은 운명
모든 것을 희생시키고
오직 그곳에서만 찾는 기쁨
그 고통에 감사하는
예술가의 삶은
선하고 아름다워야 한다

물거품이 된 인어 공주처럼
죽어 별로 돌아간 어린 왕자처럼

완성

평생 그림을 그려온 라인하르트가 마지막으로 도달한
것은
화폭에 가득한 검은색
어둠

암흑

　공룡이 멸종한 것은 지구의 암흑 물질에 끌린 소행성이 날아와 부딪쳤기 때문이라고 한다

　그 암흑의 그리움이 얼마나 컸기에 기어이 부딪쳐 파멸했을까

요양원에서

"나야, 내가 왔어"
남편이 달래도 아내는 꼭 쥔 주먹을 펴지 않는다
"이것 좀 먹어봐"
남편이 두유를 컵에 따라 입에 대줘도 아내는 꼭 다문
입을 열지 않는다
단지 눈물 그렁한 눈으로 바라보고 있을 뿐이다
덩치 큰 남편과 깡마른 아내
그들은 이제 늙었다
그들에게 지상의 시간이 얼마나 남아 있을까
그 귀한 시간을 아내는 남편을 보는 데만 쓰고 있는 것
일까

부부

　무더운 여름 낮
　앙상하게 여윈 장년의 사내가 10여 개의 보따리를 목
에 걸고 등에 지고 양팔에 건 채 가고 있었다
　그 곁에 사내보다 더 여위고 작은 여자가 자기 몸집만
한 가방을 굴리며 가고 있었다
　경상도에서 왔을까
　전라도에서 왔을까
　아니면 중국에서 왔을까
　돈을 아끼려 물건을 주렁주렁 매단 채
　가방에 끌려가듯 지하철을 탔을 것이다
　바삐 걸음을 옮기는 그들에게는
　오직 가야 한다는 목적뿐
　삶의 고단함도 슬픔도 바이없었다

모자母子

중학생쯤이나 되었을까
한 소년이 내 앞을 스쳐 전철역 계단을 뛰어올랐다
그 뒤를 한 여인이 쫓아오며 소리쳤다
"얘, 이건 갖고 가야지"
보퉁이를 손에 들고 숨이 턱에 닿을 듯이 계단을 올라
가는 여인
아들은 달아나려 하고 보퉁이를 든 채 소리치며 그 뒤
를 따르는 어머니
오래전부터 보아온 풍경이었다
눈물겨웠다

가시

그대 아파하면
내가 더 아프고
그대 아프게 하지 않기 위해
내가 미리 아프고
그래도 그대 아파하면
차라리 내가 그대 아픔이 되리

속절없이

눈보라처럼
세월이 때리고 간다
우리는 모두
고인故人이 된다
아직 고인이 아니라는 이유로
고인이 고인과 싸운다
세월처럼
눈보라가 때리고 간다

포구에서

생선 한 마리를 도마 위에 올리자 맹렬한 기세로 퍼득
였다
크고 싱싱한 놈이었다
식칼로 몇 번을 내리찍어도 힘이 수그러들지 않자
마침내 칼집을 경계로 대가리를 꺾어 누르는 것이 아
닌가
그 이웃에는 퍼덕이는 광어를 점점이 포로 뜨고 있었다
제철이라는 전어는 뼈째 으깨어졌다
2층에는 소주 곁들인 회와 탕의 사육제
눈부신 가을 한낮의 일대 살육이었다

도심의 선禪

    존 케이지 곡의 연주는 피아니스트가 열려 있는 피아노 뚜껑을 닫음으로써 시작한다

    미동도 않고 있다가 두 번 정도의 손놀림 끝에 1악장이 끝나고 2악장, 3악장으로 이어진다

    존 케이지가 연주한 것은 침묵이다

    침묵의 소리를 청중들은 침묵 속에서 들었다

    연주가 끝나자 연주자는 피아노 뚜껑을 열고 박수갈채 속에 사라진다

    존 케이지의 음악이 오케스트라로 연주됐을 때 연주자들은 악장마다 백지의 악보를 넘겼고

    지휘자는 힘이 들어 땀을 닦았다

    청중들은 각자의 곡을 들었다

낙지

목포에서 소포가 왔다

풀어보니 바닷물이 든 비닐 봉투 안에 산 낙지가 여러 마리 들어 있었다

낙지들은 좁고 작은 비닐 봉투 안에서도 다리를 뻗어 빨판을 봉투에 붙인 채 균형을 유지하려 하고 있었다

어물전이나 식당에서 산낙지를 더러 본 적은 있어도 내 집에서 만나기는 처음이었다

어쨌건 죽여야 했다

고민 끝에 냄비에 물을 끓였다

물이 펄펄 끓자 비닐 봉투를 풀었다

왈칵 바닷물이 솟구치며 아파트 부엌 바닥이 물벼락을 맞았다

급히 비닐 봉투 속에 손을 넣으니 물큰한 생명체의 다리들이 달려들었다

낙지를 꺼내 끓는 물 속에 던져 넣었다

뜨거운 물이 튀며 바닥은 다시 한 번 물세례를 맞았다

마지막 한 마리는 긴 다리를 냄비의 가장자리에 걸쳤으나

이내 탈출을 포기하고 스스로 끓는 물 속으로 끌어들

였다

　뜨거운 금속 보다는 끓어도 평생 그 속에서 살아온 물 속이 차라리 친근했으리

　나머지 낙지들은 봉투 속에 둔 채 하루를 묵혔다

　이튿날 낙지들은 모두 죽어 있었다

　보지 않는 동안 서서히 죽어 갔을 것이다

　다시 물을 끓여 이번에는 안심하고, 저항 없는 낙지의 시체들을 집어넣었다

　고통이여

　살아 있는 모든 것들이 고통 속에 죽지 않을 수밖에 없는

　죽이지 않을 수 없는

　그 고통이여

크롭 서클Crop Circle

광대한 들판
밀밭이나 옥수수밭 또는 다른 작물들을 심은 밭에
거대한 형태의 기하학적 무늬가 찍혀 있는 경우가 있다
처음에는 영국에서 발견되더니
이제는 유럽과 아메리카, 호주 등 넓은 들판 여기저기
서 나타나고 있다
신기한 것은 이 거대한 기하학적 무늬가 밤사이에 형
성되는 경우가 많다는 것이다
순식간에 무늬가 만들어지는 것을 발견한 사람들도 있다
그들은 빛나는 공이 나타나더니 무늬가 만들어졌다고
한다
페루에서는 들판에 오래된 기하학적 구조물이 새겨져
있기도 하다
이 형태들은 크롭 서클과 닮았고
크롭 서클은 또 세계적으로 비슷하다
과학적인 분석은 실패로 돌아갔지만
과학자들은 아직 과학적으로 풀어보려고 한다
그러나 많은 미스터리들처럼
이 또한 미스터리로 남겨질 것이다

우주의 한 점 지구에서
대우주를 읽을 수는 없기 때문이다
우리가 아는 것은 우주의 극히 일부며
눈에 보이는 것이 전부가 아니기 때문이다
우리가 끝내 알 수 없는 것
그 또한 무수하리라

전설

1

유럽 시절
아내와 아들과 함께 그룹 여행을 가면 우리는 늘 가장
젊은 가족이었다
초등학생 내 아들과 이야기하고 뽀뽀를 하며 황홀해
하던 프랑스인들

2

정원 박람회를 보러 참으로 오랜만에 순천으로 그룹
여행을 갔다
버스에서도 배에서도 여관에서도
아내와 나는 가장 늙은 커플이었다
어르신 대접을 받으며 민망해하던 남도 여행길

3

20년 만에 다시 찾은 컬럼비아 빙원氷原은 나날이 녹아

5년 뒤에는 빙하 관광이 끝나게 될 것이라 한다
35년 전 서남아와 유럽을 여행하며 만났던
박동진, 이범석, 노재원…
별 같은 외교관들은 어느덧 하늘의 별이 되었다

세월이 꿈처럼 흘러
살아남은 사람들은 모두가 늙어
이제는 우리가 전설이 되어가고 있다고 한다

열대어

언제부턴가 연못에 열대어 한 마리가 살고 있었다
누가 키우다 버린 것일까
열대어는 죽지 않고 살아남았다
제법 큰 물고기도 있는 연못에서
열대어는 수초들 사이에 몸을 숨기며 살았다
더운 곳에서 살던 열대어
햇볕을 부모로 여기고 있는 것일까
틈만 나면 햇볕의 따스한 손길을 찾아다녔다
좁은 공간에 숨어 살던 열대어
열대어가 살던 며칠은
열대어의 한 생은
인간의 한 생만큼 긴 것이었다
낯선 곳에서 최선을 다했던 작은 삶
연못에는 수초만이 일렁거렸다

송가 頌歌

참 잘 키웠구나
한 마리도 잃지 않고
긴 여름 먹이를 부지런히 물어 날라
네 마리 새끼를 고루 먹여 키워냈구나
그중에 한 마리는 마침내 둥지 밖에 나오게 되었으니
새끼들과 함께 입이 찢어지라 벌려
노래를 부를만하다
작은 몸에 여름을 가득 품은
붉은머리오목눈이야

내설악에서

긴 여름 그대를 바라보아도 종내 말이 없다
끝없는 고요
침묵 속에서 새들을 키우고
꽃이 이울고
녹음의 옷을 입고 있을 뿐이다
내가 나를 달래고 돌아서든지
끝내 쓰러지든지
묵묵히 지켜보고 있을 뿐이다
황홀한 단풍의 시간을 지나
헐벗고 매 맞는 알몸을
부끄럼 없이 그대로 보여주고 있을 뿐이다

역사

역사는 때로 비명을 지른다
아픔을 견디지 못해 울기도 한다
역사는 그러나 말하지 않는다
말리지도 않는다
잔혹을, 살육을
때로는 희생을, 사랑을
묵묵히 바라만 볼 뿐
그러나 역사는 지워지지 않는다
사라지지 않는다
언제나 그 모습 그대로
시퍼런 맨살을 드러낸 채
흐를 뿐이다
가고 있을 뿐이다

명동

명동
서울의 가슴
조국이 무너졌을 때
부여잡고 흐느껴 울던
상처 입은 사람들이 폐허에 모여 온기를 나누던
많은 사연들이 모였다 흩어져가는
오늘은 숱한 중국인, 일본인들이 노닐다가는
아으 동동다리
번성함 속에
설레임 속에
흐르는 눈물이여
서울의 가슴
명동

2부

장가계

천하 절경 장가계를 보기 위하여
삭도를 타고 올라가는데
발아래서 갑자기 자지러지는 울음소리가 났다
우람한 사내의 손아귀에서
개 한 마리 생명을 마감하고 있었다
그 옆 아궁이에는 물이 끓고
오늘 장가계는 드물게 날씨가 좋았다

잔도를 걸으며

발아래 아찔한 천 길 낭떠러지를 유리잔도로 흘낏흘낏
내려다보며 무서워 벌벌 떨며 걷던 젊은 날
이제는 귀곡성 울리는 산길을 늙고 병들어 떨며 걷는
귀곡잔도
천하 절경 장가계를
계속 떨며 걸은
내 생애처럼

파촉巴蜀의 춤

파촉의 사내들은 알몸으로 배를 끈다
물속에 몸을 담가야 하고
금방 땀에 범벅이 되고
비라도 내리면 소용없는 옷
옷을 벗고 알몸이 되면서 일이 시작된다
그들이 가진 것은 수건 한 장뿐
밧줄을 짊어지고 허리에 감고 배를 끈다
바위에 홈이 패이고
온몸은 상처투성이
노동의 처절함
삶의 처절함
이제는 노인 몇 명만 남긴 채 사라져 간 파촉의 배끌이는
장강 삼협 유람선에서 공연되는 춤

풍도 귀성鬼城

노파에게 죽을 한 그릇 얻어먹었다
그 죽 한 그릇 덕에
지금까지의 일은 모두 잊어버렸다
돌아보지 않고서 갔다

장강長江에서

열정, 분노, 사랑
모두 사라져 가고

바람이 분다

백제성 白帝城

2천 년 전 유비가 떠났던 길을 걷다
주인 운은 있었으나 천하 대운은 없었던 공명을 안타
까워함은 후세의 허사
오직 지략만으로 나라를 일으키고 천하를 삼분했다가
마침내 문장으로 남았으니
살아서는 재상이요
죽어 길이 사는 문인이 된
진실했던 사내
행복한 사내
역사는 물에 잠기고
이제는 섬으로 남은
백제성을 나는 떠난다

중국

장강 삼협을 보고
유람선 승무원들의 서비스를 받고
중국이 천지개벽을 했구나
감동 속에 한국행 비행기를 타러 중경으로 돌아가는 길
의창에서 떠난 기차가 10분 정도 달리더니 멈춰선 채
꿈쩍도 하지 않는다
한 시간, 두 시간
도대체 왜 이러는지 설명이 없다
여기저기 수소문해 선로에 문제가 있는 듯하다는 것까
진 간신히 알아냈지만
기다리라고만 할 뿐 네 시간 너머 서 있는 기차
승객 중에 환자가 발생하고
의사를 찾는 소리도 들리지만
묵묵히 앉아 있거나 마작, 카드를 하는 중국 승객들
기차건 사람이건 도대체 그 속을 알 길이 없다
그럼 그렇지
이렇게 수천 년을 견뎌 왔는데
역시 중국은 중국
마침내 다섯 시간 만에 기차가 움직인다

한 마디 예고도 양해도 없이
'덜커덩'하더니 술술 달린다
'꽥' 기적도 울린다
괜스레 나만 바빴던 중국 고속철도 안

묘족 설화

그들은 고구려인의 후예라고 한다
망국의 유민
승자들에 의해 터전에서 내쫓기고
승자들의 채찍에 쫓기고 쫓겨
승자들이 살기 꺼리던 험준한 산악에 내쳐졌다고 한다
맨주먹으로 산을 일구며 억척스레 살았을까
그러면서 간직해 왔을까
고향의 옷
고향의 말
고향의 풍습
고향의 음식
천 년 하고도 오백 년의 세월이 흘러
수십 대에 걸쳐 닳고 풍화하고 뒤섞여 다른 모습이 되
어 있지만
놀라워라
여태껏 고구려인의 그림자가 드리워져 있다니
살아남아야 하리
끈질기게 살아남아야 하리
후손을 남기고

후손에 조상의 모습을 가르쳐
이어져 이어져 가야만 하리
언젠가는
화석처럼 캐어져
천 년하고도 오백 년
그 시간을 이겨낸 생명의 힘을
살아서 보여주어야 하리

울음 1

시실리 카타니아 한복판에는
종신 서원자 수도원이 있다
굳게 닫힌 철문이 열리는 때는
1년에 한 번
성모 축일 때라고 한다
성모상을 메고 도로를 질주하는 사람들은 울고
그들을 보는 수도사들도 운다
1년에 한 번 울고
그들은 다시 묵상 기도로 시간을 보낸다
긴 평생
이 아름다운 도시의 복판에 갇혀
그들은 무엇을 기도하는 것일까
세상 사람들의 고뇌를 묵상하고 기도하기에
그들의 일생은 오히려 짧아
아예 도심에 있는 것일까
1년에 단 한 번
성모 축일 날 울음으로
개인의 삶은
다 사는 그들

난민

누가 울어줄 것인가
이 죽은 사람들을 위해

하도 예뻐서 유네스코가 도시 전체를 인류 문화유산으로 지정한 시실리 노또의 산 니꼴로 성당
오래전 그곳에 안치된 북아프리카에서 유럽으로 건너오다 난파한 배의 잔해에 쓰여 있는 말
오늘도 지중해 이남에서 이북으로, 동에서 서로 건너오려다 난파돼 죽어가는 숱한 난민들

누가 기억해 줄 것인가
이 죽은 사람들을

대재앙

시실리 에트나 화산이 한 번 터지면 섬은 대재앙을 맞지만, 화산재가 쌓여 마침내는 땅을 기름지게 하고 올리브며 포도며 많은 소출과 풍요를 주니 시실리는 에트나의 선물이라고 한다

이집트 나일강이 한 번 넘치면 유역은 대재앙에 빠지지만, 상류에서 흘러내려 온 흙이 풍요한 곡창을 이뤄 눈부신 문명을 꽃피우게 하니 이집트는 나일강의 선물이라고 한다

재앙이 재앙으로 끝나지 않으면 선물이 되고, 극복하면 오히려 축복도 된다

시실리의 시간

느리게 간다
천천히 부는 바람
천천히 치는 파도
서울보다 하루가 늦게 가는 곳
내 인생의 하루를 벌었으니
더욱이 그만큼 바쁠 게 없다

몰타

미국 사람들이 가장 이민 오고 싶어한다는 지중해의
보석

낙원의 수도 발레타 1번가로 앰뷸런스가 경적을 울리
며 간다

죽음이 없는 곳은 세상에 없다

에누리

시실리 포짤로에서 배를 타고 두 시간
몰타에서 배를 갈아타고 다시 반 시간
쪽빛 바다 고조 섬에는
중세의 도시 속에 현대인들이 살고 있는데
80년을 레이스 뜨개질만 해온 할머니가 있다
남편은 언제 어디로 가버렸는지 알지 못하고
바늘 끝만 바라보다 침침해진 눈
찬란한 지중해 햇살의 힘을 빌리려
온종일 집 앞에 나와 뜨개질을 한다
할머니는 관광객들의 구경거리가 되고
직접 물건을 팔기도 한다
기껏해야 몇천 원에서 몇만 원짜리 수제품이지만
할머니의 자부심은 대단하다
레이스 뜨개질만큼은 자기가 고조섬에서 최고라는 것
이다
이 섬에서 80년 손뜨개질만 해온 사람이 있으면 나와
보라는 것이다
그래서 할머니의 작품은 에누리가 없다
깎자고 들면 거둬들인다

일상

눈이 일상인 에스키모들이 가장 무서워하는 것은 눈이다
내리던 눈이 허공에서 어는 경우가 있는데
그때 금강석처럼 빛날 때가 있다
그 직전에 에스키모들은 눈을 감는다
백색마저 사라지는 절정의 순간
그것을 보면 시력을 잃기 때문이다
더는 볼 것이 없어지기 때문이다

일상은
가장 무서운 것
가장 아름다운 것

나무들의 무덤

눈 내리는 9월의 시베리아
자작나무 숲에서
언뜻언뜻 나타나는 흰 얼굴들
어쩌면 아득한 옛날
이 숲에서 일용할 짐승을 노리던 조상의 모습일까
나무와 함께 살다 죽어 나무가 되어
지나가는 사람들을 구경하려 얼굴을 내민 것일까

열여섯 시간을 달려 만난 우스트일림스크 목재 공장
하얗게 죽어 쓰러져
켜켜이 베어져
차곡차곡 쌓여 있는
나무 주검들

천 년을 살아도 만 년을 살아도
끝내는 죽고
그 나무들이 흘린 눈물은
흰 눈으로 내리는 시베리아의 가을

그린란드

초록의 대륙이라는 반어적 이름을 가진
얼음의 땅으로만 알았던
거대한 대륙 그린란드
그곳에서도 우리와 닮은 몽골리안이 원주민이고
그들을 지배하는 덴마크에게 독립을 요구한 젊은이들
이 있었고
1970년대에는 수메Sumé라는 록 밴드가 혁명적 노래들
을 불렀고
자치권은 얻었으나 아직도 완전한 독립을 얻지는 못하
고 있다는 TV 다큐멘터리를 보며
이 세상에서 내가 알고 있는 것은 극히 적다는 것을 다
시금 깨우치는 밤
어느새 이웃으로 다가와 함께 숨 쉬고 있는
초록의 대륙이라는 이름의 거대한 동토
그린란드여

방제方濟

해양대학을 나온 그는 선장이 되었습니다

이 바다 저 바다, 온 세상의 바다를 누비고 다녔었지요

더블린에서는 제임스 조이스의 율리시스를 사서 내게
보내주기도 했습니다

내가 군에 갔을 때는 훈련소까지 제복을 입고 찾아오
기도 했지요

내가 어려울 때는 돈을 빌려주기도 했고

학교 선생을 아내로 맞고 나서도 그는 늘 어딘가로 떠
다녔습니다

연락이 닿지 않을 때가 많았습니다

어느 날 부산에서 참 오랜만에 그와 나의 꿈같은 만남
이 있었던 뒤

그는 선장 생활을 접었는데도

멀리 떠났다는 선생 아내의 전갈을 받았습니다

그리고 다시는 돌아오지 않았습니다

신의 뜻

많은 사람이 사는 인도에 하나의 하체에 상체가 두 개
인 소년이 있다
쌍둥이가 잘못돼 붙어서 태어났다고 한다
쌍두사처럼
이들은 기어 다닌다

한 몸인데도 둘은 성격 차이가 있다
사이가 좋지만
좋아야 하지만
의견 차이도 있다
분명히 두 사람이다
의사는 이들을 분리하려면 하나는 포기해야 한다고 한다
가난한 아버지는 신의 뜻에 맡기겠다고 한다

이렇게 태어나게 한 것이 신의 뜻인지
제대로 태어난 많은 이들이 감사하게 하는 것이 신의
뜻인지
언젠가 하나가 먼저 죽으면
떼어내고 하나는 살아남는 것인지

아니면 따라 죽는 것이 신의 뜻인지
도저히 알 수 없는 신의 뜻을 짊어지고
하나이자 둘인 이 아이는
오늘도 함께 잠자고 밥 먹고 똥도 싸고 공부도 하고 이
리저리 기어 다닌다

불멸_{不滅}

불교의 나라 태국에는 등신불이 몇 분 계신다

좌탈입망하신 고승들인데 돌아가신 지 300년 된 분도 계시고 180년 된 분도 계신다

중국에도 등신불이 있다

6조 혜능 대사는 옻칠해놓은 사진을 본 적이 있다

신라 왕자 김교각 스님은 금칠해놓았다

그런데 태국의 등신불은 피부와 눈망울이 살아 있는 사람과 같다

심지어는 손톱이 자라 1년에 한 번 새해에 국왕이 손톱 깎는 행사를 한다

이 어른들은 돈도 버신다

끊임없이 신자들이 찾아와 절을 하고 시주를 한다

여행도 하신다

중국에 가면 친견하려는 사람들이 인산인해를 이루고 모택동 얼굴 지폐가 수북이 쌓여 무릎 위까지 덮는다

붓다는 모든 것이 공_空하다 하시고 입멸 후 불태워져 사리가 되셨건만

이 스님들은 돌아가신 후에도 몇 생을 거듭하며 불멸_{不滅}을 보여주시니

기적의 별에 출렁이는

끝없는 신비의 바다

형제

대학에 다니는 동생이 데모를 하다 경찰서에 붙들려
가면
정보부에 있는 형이 나타나 찾아서 데리고 갔다
국밥집에서 말없이 국밥 한 그릇씩을 먹고
형은 동생에게 약간의 돈을 건네고
국밥집을 나선 형제는 각기 돌아서 제 갈 길로 묵묵히
걸어서 갔다
겨울이 유난히 길었던 시절이었다

새

무섭지 않았는가
대양을 건널 때
얼마나 추웠는가
설산을 넘을 때
작은 몸으로
그 먼 거리를 날아갔는가
긴 시간
연약한 날개를 끊임없이 파닥이다니
어떻게 알았는가
그 여정을
지구의 자장을 따라가다니
별들의 흐름으로 방향을 잡다니
우주의 삶을 사는 아득함
두려움을 모르는 위대함
생명의 무한함이여

3부

고맙다

비 내리는 쿄토
특급 열차를 타고
간사이 공항으로 떠났다
오늘도
내 인생의 눈부신 하루였다
고맙다

때

천하절경 장가계에서
손자가 태어났다는 소식을 듣다
예정보다 열흘 일찍
제왕절개로 아기를 낳고
가랑가랑 걸려온 며느리 전화

애 많이 썼다
고생했구나
함께 있어 주지 못해서 미안하구나

이틀이면 돌아가는데
단 이틀을 못 기다리다니

인생의 때를 맞추기가 이리 어렵다

천적

아내는 아들에게 꼼짝 못 하고
아들은 내게 꼼짝 못 하고
나는 아내에게 꼼짝 못 하고
손자는 며느리에게 꼼짝 못 하고
며느리는 손자에게 꼼짝 못 하고

어머니

숨이 넘어가게 울던 손자를 끌어안으며
며느리가 하는 말
"가엾어라. 우느라 얼마나 힘들었니?"

며느리를 어머니로 만드는 손자

흰 종이

두 살짜리 내 손자
어미가 책 읽어주는 걸 좋아한다
옹알이가 한창인 녀석이
어미가 밝은 표정으로 재미있는 걸 읽어주면
싱글벙글 까르륵
좋아라 한다
어미가 슬픈 표정으로 슬픈 대목을 읽으면
녀석도 슬픈 표정으로 조용해진다
첫 물감이 스며드는
흰 종이

뺨

손자를 안고 있는 아들을 물끄러미 바라보다 깜짝 놀
랐다
내 아들의 뺨에 어머니의 모습이 어려 있었다
그러고 보니 어머니는 내 아들의 할머니였다
속만 썩인다고 생각했는데
이 녀석이 내가 그토록 그리워하던 어머니의 모습을
갖고 있다니
어머니가 내 아들 속에 숨어 계셨다니

어머니날에
어머니는 이렇게 모습을 보여주셨다

가신지 41년
증손을 보러 오셨다

걸음마

아기가 걷는다
떠듬떠듬
어색하게 걷는다
이랬을 것이다
까마득한 옛날
우리의 조상 가운데 한 분이
나무 위에서 내려와
땅에서 조심조심 옮기던 그 걸음이
그 첫 걸음이
마침내 오늘의 우리가 되기까지
무수한 시행착오
울음과 성취가 있었을 것이다
이제 막 걸음마를 떼는
내 아기처럼

얼굴

"잠깐 서 있어 봐"
외출하려는 나를 불러 세우는 아내
"당신 얼굴이 생각이 안 나"
한참을 가만히 뜯어보더니
"됐어. 가봐"

오래전에 돌아가신 장인의 얼굴도 또렷이 떠오른다는
아내
유독 내 얼굴만 생각이 나지 않는다 한다

하나가 되어 오히려 낯선
저승보다 더 먼 지척

꽃길

당신을 만난 것에 감사합니다
함께 해온 시간들에 감사합니다
당신을 만남으로서 탄생한 생명들에 감사합니다
당신이 곁에 있어서 나의 눈이 트였고
세상이 보였습니다
밤길도 무섭지 않았습니다
함께 걸어온 길은 꽃길
가시밭길도 때로 아름다울 수 있다는 것을 보여준
당신에 감사합니다
앞으로 걸어갈 길도
마지막 떠날 그 길도
당신과 함께라면 언제나 꽃길
멀리 있어도
홀로 있어도
당신의 마음과 함께 있으면
그것은 또 언제나 꽃길

귀성

밤기차를 타고 달려가 새벽에 집에 당도하였다
잠든 가족들 몰래 내 방에 숨어들었다
잠 깨어 안방으로 내려가니
형제들 너머 어머니의 등이 보였다
나는 달려 들어가
'어머니'하고 부르며 와락 끌어안았다
아, 그러나 나의 품엔 쌓여 있는 이불만 안기는 것이
었다
나는 이불을 끌어안고 소리 내어 울었다
가신지 40년
이제는 꿈에서도 돌아가시는
나의 어머니

해후

오랜만에 뵈었다
무료 공연장이었다
젊은이의 안내로 자리를 잡으며 연신 '고맙다'셨다
'아버지'
내가 부르자 바라보셨으나
나를 알아보지 못했다
얼마나 헤매다니셨을까
아버지의 얼굴은 까맣게 변해 있었다
'와 요 계신교?'
끌어안았으나
슬픔만 가슴 가득 밀려올 뿐
전혀 존재감이 느껴지지 않았다

눈이 오기 전에
아버지를 찾아 봬야지

내가 배운 것

우리는 삶을 사랑해야 하지만
노력만으로 이뤄지지 않는 일도 세상에는 많고
이기는 것이 모두가 아니며
때로는 포기하는 것이 아름다울 수도 있다는 것을

이 세상에 나의 것은 없다는 것을
내 손에 쥐고 있으면 내 것인 줄 알았었건만
모든 것은 이 세상에 이미 있던 것
잠시 내게 와 있었을 뿐
나도 본래 없었고
또 없어지리라는 것을

우리는 한없이 사랑해야 한다는 것을
가족을, 이웃을, 한 시대를 함께 살아가는 사람들을,
동물들을, 식물들을, 대자연을
온몸과 마음으로 아껴야 한다는 것을

이 모든 것을 소학교도 다니지 않았던 나의 아버지에
게서 나는 배웠다

작은 물음

어질고 어지시던 우리 엄마가 큰 사위 먹이신다고 정
성 들여 기르던 씨암탉의 목을 원한에 차서 비틀었을 리
가 없다

병약하신 아버지께 드리려 나를 따르던 바둑이를 증오
하며 잡았을 리 없다

소를 도살하는 자

양을 도살하는 자

소나 양이 그들의 원수일 리가 없다

그렇게 죽이는 것이다

그리고 먹는 것이다

생명을 죽이는 것도 이와 같거늘

이보다 훨씬 작은 행위를 놓고

그 무슨 억울함이 있을 것이며

그 무슨 분노가 있을 것인가

비손

음력 섣달 그믐날 밤이면 할머니는 소반 위에 냉수 한
그릇 떠놓고 천지신명께 비셨다
온갖 신들을 다 부르시고는 두 손을 비비셨다
그리고 말씀하셨다
"빌면 무쇠도 녹는답니다"
모든 잘못은 할머니께 있다시며 자손들은 무사태평하
기를 비셨다
할머니의 소원은
국태민안도 아니요
세계평화도 아니요
오직 자손의 평안이었다
내가 70년을 무탈하게 살아온 것이 밤새워 비시던 할
머니의 비손 덕분이었음을
할머니의 나이가 돼서야 깨닫는 제야

왜 우니?

얌전하신 우리 장모
자식들에게 폐 끼칠까 늘 염려하신다
그래서 현관문도 소리 없이 여신다
딸이 화장실에 갔을 때나
부엌에서 설거지하고 있을 때
소리 없이 나가신다
엘리베이터를 타고 아무 층에나 내리고 배회하다 다시
타신다
장모가 사라진 것을 아는 순간 우리 집은 난리가 난다
아파트 경비들에게도 비상이 걸린다
결국 찾긴 찾지만
엄마를 끌어안고 우는 딸에게 하시는 장모님 말씀
"너 왜 우니?"

마광수 시집

치매를 앓는 장모가 가장 좋아하는 책은 마광수 시집
이다
돋보기를 쓰고 열심히 탐독하신다
성행위가 노골적으로 묘사된 부분은 아예 접어두기도
한다
어느 날 주간보호센터로 가면서 그 시집을 끼고 나서
는 것을 아내가 기겁하며 말렸다
그러자 딸의 얼굴을 빤히 보며 하시는 말씀
"얼마나 솔직하니?
이게 뭐 어때서 그래?"
나를 보고서는
"자네도 이 책을 읽고 쟤를 좀 많이 사랑해주게"
점차 어려가는
체력이 떨어져 가는
장모는 오늘도 열심히 마광수 시집을 읽고 계시다

시험

여든여덟 살 장모님은 알츠하이머에 뇌전증
몸을 떨고 혼자 걷지 못한다
조금 전에 약을 먹었는지도 모른다
사별하고 매일같이 묘소를 찾던 남편이 있었는지도 모
른다
큰딸 집에 계시는 장모님은 치매 노인 주간보호센터에
다니는데 1년에 한 차례 상태를 점검받아야 한다
지금 이 순간만이 있을 뿐인 장모님이 갑자기 똑똑해
질 때가 바로 이때다
몸도 떨지 않고 걸음도 혼자 걷는다
시험관의 질문에 장모님 대답
"래미안 유니빌 1313호가 제집인데요 지금 딸네 집에
와 있는 거예요"
눈이 휘둥그레진 시험관의 판정은
"정상"
매일 다니는 주간보호센터에서 쫓겨나야 할 판이다
멀쩡한 어머니를 치매 환자로 몬 자식이 될 판이다
딸이 울며불며 매달리자
멍하니 바라보던 시험관

그러면 상태를 아는, 가족 아닌 증인을 데리고 오라며
떠나버리고
　장모님은 다시 몸을 떨고
　혼자 걷지 못하고
　조금 전에 약을 먹었는지도 모르고
　평생을 함께 살던 남편이 있었는지도 모르신다

시그널

치매 노인 주간보호센터에서 밤 아홉 시면 집으로 오
는 장모님을 내가 마중하기로 해놓고
어제는 지하철역을 하나 더 지나갔다
오늘은 지하철역을 거꾸로 여섯 개나 더 가다가 잘못
가고 있다는 것을 알아차렸다
이틀 연속 숨이 턱에 차도록 달려갔는데
어제는 장모님이 차 속에서 연신 미안해하며 나를 기
다리고 있었고
오늘은 나를 기다리다 차가 아예 떠나버렸다
헐레벌떡 보호센터로 달려가 직원들에게 사과하고 놀
라 지친 장모님을 모시고 왔다
초 단위로 살던 생활의 리듬이 흔들린다
내가 나를 믿을 수가 없다
또 지나가면 어떻게 하나
또 거꾸로 가면 어떻게 하나
연일 계속된 송년 모임의 술 때문에 그런 것일까
무언가에 집중하고 있다가 그런 것일까
치매의 전조일까
단순한 착오일까

스마트폰 때문일까
반짝 켜지는 시그널 앞에서
당황해 한다
창피해 한다
우울해 한다
내가 왜 이렇게 변해가고 있는 것일까
이틀씩이나
이틀씩이나
그것도 빠른 속도로

포옹

치매로 고생하시는 장모님
내일이면 시설로 떠나신다
아침 밥상으로 모시면서 폭 안아 드렸다
"왜 안 하던 짓을…"
하시더니 눈물을 훔치신다
아무것도 모르고 계신 것이 아니었다
다 알고 계셨다

반지

　치매 노인 주간보호센터에서 귀가한 장모님의 손가락
에 반지가 끼워져 있었다
　플라스틱 줄로 엮어 만든 반지였다
　장모님은 시설 판정을 받고
　24시간 보호 시설로 옮기게 되었다
　그 며칠 전
　장모님은 무언가를 열심히 만들고 계셨다
　그것은 플라스틱 반지였다
　그러나 인조 진주까지 박아서 모양을 낸 반지였다
　장모님은 그것이 가장 좋은 것이라며 큰 딸인 아내의
손가락에 끼워주었다
　그리곤 보호 시설로 떠나가셨다
　이제 자신에게 무엇이 남아 있는지도 모르시는 장모님
　자신의 손으로 만들 수 있는 가장 좋은 것을
　자식에게 물려 주셨다

거짓말

치매 노인 보호센터에 계신 장모님을 모시고 예술의
전당을 구경했다
헤르만 헤세의 그림전이 열리고 있었다
나의 손에 이끌려 주섬주섬 다니시던 장모님
갑자기 큰 소리로 외쳤다
"저건 거짓말이야"
거기에는 이렇게 씌어 있었다
'간절히 바라면 이루어진다'

후지산

저 산은 서쪽에서 나타나더니
순식간에 동쪽으로 자리를 바꾼다
이제는 정면에서 나타나더니
아, 지척이다
그런데 저 지척을 가려면
하루가 걸린다 한다
감탄하고 있는데
순식간에 자취를 감춘다
그 산은 있다
그런데 없다

4부

죽음

지상의 한 생명이 떠났다는 것은
별이 되었다는 뜻이다
우주의 모든 것은 별에서 왔기에
그가 태어난 우주로 돌아갔다는 뜻이다
유한한 세상을 떠나
무한한 시공의 주민이 되었으니
이제 비로소 이루었다는 뜻이다

착한 아들

치매에 걸린 아버지를 3년 반 동안 간호하다 마침내 숨지자 경험을 글로 옮겨 『아버지는 그렇게 작아져 간다』라는 책으로 냈다

그 책을 읽는 사람들은 눈물을 흘렸다

요즘 그런 아들이 어디 있느냐고 칭찬을 했다

돌아가신 아버지는 아들을 효자로 만들어주셨다

문학상도 받게 해주셨다

수고했다고 상금으로 2천만 원도 안겨주셨다

모두들 죽은 아버지가 착한 아들에게 주신 것이라 했다

그 소설가 이상운이 교통사고로 죽었다

이번에는 모두들 아버지가 착한 아들을 데리고 갔다고 했다

아버지를 따라갔다고 했다

육개장

그가 떠나고
삼우도 지나고
그의 아들이 왔다
어머니의 심부름이라며
봉투 하나를 건넸다
함께 공부하던 시우詩友들
식사라도 하라고 했다
전원이 모처럼 한자리에 모여
그를 추모하고
그가 남긴 시들을 읽고
육개장을 먹었다
죽은 그가
산 우리에게 낸
육개장 한 그릇

울음 2

YS의 영정 앞에서 목 놓아 우는 최형우
그들의 관계가 설령 권력을 잡기 위한 수단이었다 하
더라도
어찌 그것만이었으리
퍼질러 앉아 아이처럼 우는
백발에 눈썹까지 흰 그 노인이 부럽다
꽃들에 싸여 묵묵히 보고 있는 그도 부럽다

화장장에서

장대한 사내가 꼭 도시락 하나만 하게 변하는 시간
한 시간 반

호강

잘 죽었어
함께 살다가
남자건 여자건
남은 이 전송받는 게
호강이지

소나무

잘라서 두 달을 말리고
반으로 짜개서 두 달을 말리고
장작으로 만들어 두 달을 말리고
마침내 가마에 넣어 불을 붙이면
뽀얀 재만 남기고 사라지는데
깨끗한 죽음의 뒤에 찬란하게 수습되는
자기, 도기들

부자

종가에서 청국장과 고추가 왔다
얼마 전에는 쌀도 보내주더니
뭔가 농사를 보내주고 싶어하는 종부
힘들여 농사짓지만
내게 무얼 보내주는 종부는
보내주는 동안은
나보다 부자

봄

우면산 올라가는 입구에
흰색, 붉은색, 보라색 꽃들이 피었다
우리 집 들어가는 문간에도 오색 꽃이 눈부시게 흐드
러졌다

1년에 한 번 극락의 모습을 보여주신다

충직

젖꼭지를 보니 새끼를 한 배는 내었을 것이다
어른 팔뚝만 한 개 한 마리
우면산 둘레길로 주인을 따라나섰다
쉼터에서 주인이 폐타이어에 드러누워 허리 펴기를 하
자 그 옆에 쪼그리고 앉는다
주인이 자리를 옮겨 역기를 들자 따라가 빤히 쳐다보
고 서 있다
이윽고 주인이 하산길에 접어들자 그 길은 제가 잘 안
다는 듯이 냉큼 앞장을 선다
여나믄 발자국 앞서면 꼭 돌아서서 주인을 기다렸다가
다시 쪼르르 달려간다
그리곤 어김없이 주인을 쳐다보며 기다렸다가 함께 간다
주인과 떨어지면 죽는 줄 아는가 보다
참 충직하다

을숙도

60년 전의 갈대는 없었다
철새들은 날아가고
공장과 아파트가 섰다
젊은 아버지는 없었다
어린 나도 없었다
눈이 시리도록 바라보아도
그리운 고향
부자들이 늘어도
가난한 자들은 여전히 있고
푸르고 늠름한 낙동강
가난한 시절에도
아이들은 미래의 희망이었거늘
풍요의 시대에 왜
아이들의 울음소리가 사라지는가
남에서 날아온 도요새도
앉아 쉴 곳이 없어진 을숙도
철새들이 찾아오지 않는
불모의 땅

그리운 조선

정선은 조선이다
한 오백 년 살아온 조선이 있다
아우라지 굽이굽이 물길 속에
조선의 눈물이 있다
한恨이 있다
흥도 있고
인정도 있다
정선에는 아직도 조선 사람이 산다
조선의 마음이 산다
그리운 조선

별똥별

떠나신 곳은 어디인가요
지구로부터는 멀리 떨어지세요
몸을 모두 태워버리는
매우 위험한 별이랍니다

사랑은 수학

사랑을 하면 나를 죽인다
사랑을 얻기 위해 노력할 때 나는 없다
보다 큰 사랑을 얻기 위해서는 보다 철저히 나를 죽인다
나를 죽이는 만큼
그만큼의 사랑을 얻는
정확함
그 비정함

질주

휙휙휙 달려간다
아쉬움도 원망도 비탄도 던져버리며
잠시 머뭇거릴 짬도 없다
자칫하면 속도를 못 맞추어 나둥그러진다
참 빠르기도 하다
1년이, 2년이, 3년이…
10년이
그대로 사라져 가는
속도의 어지러움
오늘도 그 가장자리에서
떨어지지 않으려
밀려나지 않으려
두 눈 부릅뜨고 달리고 있지만
갈수록 힘이 드는 현기증
아니, 벌써 떨어진 것 아냐?
혼자만 모르고 있는 것 아냐?

요즘 영화를 보면

이젠 고민도 우주적이야
지구 궤도상의 우주 정거장에서 미아가 된다거나
지구로 돌진해오는 소행성 위에 올라타 궤도를 바꾼다
거나
화성에 갔다가 홀로 남겨진다거나
아예 다른 은하로 가서 외계 생명체와 싸운다거나
신세계를 개척한다거나
이러다 보니
지구상의 문제는 하찮아 보여
더욱이 개인의 고민 같은 것은 문제도 아닌 것으로 보
이기도 해
모두가 미국인인 할리우드 우주 영화의 주인공들처럼
지구상의 문제도 척척 해결했으면
개인의 고민은 고민 축에도 끼지 않는 것이 되었으면
우주적인 담론을 보면서도 헤어나지 못하는
일신의 고통과 번민
부끄러워
창피해

명왕성

살아서 명왕성을 보았다
살아서 통일을 볼 수 있을까
48억 km
명왕성보다 더 먼 통일

적선

잠자리에 들려다 생각해보니 오늘은 좋은 일을 한 것
이 없다
주섬주섬 일어나 옷을 걸치고 지하철역으로 간다
계단에 웅크린 채 손 내밀고 앉아 있던 노파
아예 오체투지로 땅에 엎드려 있던 아이
녹음기로 찬송가 틀며 더듬더듬 다니던 시각장애 노인
한 사람도 찾을 길 없다
끝내 주머니를 못 비우고 집으로 온다
그들은 나의 적선을 기다리지 않는다

도마뱀

희한한 일이다
어디서 나타난 녀석일까
우리 집 세면대 안에 어린 도마뱀 한 마리
미끄러운지 밖으로 나가지 않고
고개를 둘레둘레 살피고 있다
겨울잠 자러 가지도 않고
대체 여기 웬 일일까
그런데 녀석의 두리번거리는 모습이
이제 겨우 기어 다니는 여덟 달 된 내 손자와 닮았다
세상의 생명들은 이렇게 닮은 것인가
손으로 조심스레 집어
집 밖에 버린다
'아가야, 너는 여기서 살 수 없단다
네가 온 곳으로 돌아가렴'

숲 속의 빈 둥지

나뭇가지 물어와 집을 지었을 긴 시간
알을 낳고 품고 새끼를 키워 날려 보낼 때까지 긴 시간
이제는 모두 떠난 엄혹한 겨울
더욱 긴 시간

꿈

꿈은 이루기 위해서 꾸는 것이 아니고
살기 위해서 꾸어야 한다
꿈을 접는 순간
지친 영혼
육신을 떠나기에
꿈을 꾸는 순간까지
영은 육신에 머물러 있기에
살아 있는 우리
꿈은 꾸어야만 한다

고희

먼 산이 보인다
그 선이 또렷해졌다

별, 꽃길, 그리고 시

장 영 우(문학평론가 · 동국대 교수)

　세월이 시위를 떠난 화살과 같다더니 영원히 늙지 않고 청년으로 지낼 것 같던 유자효 시인이 어느덧 고희를 넘겼다. 그 아득한 시간의 흐름을 더듬어보니 2017년은 그가 작품활동을 시작한 지 50년이 되는 해다. 그러니까 그의 열여섯 번째 신작 시집 『꼭』은 자신의 등단 반세기를 자축하는 시집인 셈이다. 그가 이 숫자를 의식하고 시집 출간을 준비했는지는 알 수 없지만, 우리 한국 남성의 평균 수명을 생각할 때 70과 50이란 숫자가 의미하는 바는 결코 가볍지 않다. 70과 50이란 숫자를 의식하며 다소 엄숙한 마음으로 『꼭』에 실린 작품을 일별一瞥하면서, 이번 시집에는 유달리 가족이나 죽음을 주제로 한 시가 많다는 점을 확인할 수 있었다. 이를테면 그는 「죽음」에서 "지상의 한 생명이 떠났다는 것은/ 별이 되었다는 뜻"이라고 정의하며, 어제도 오늘도 썼는데 "내일도 쓸까/ 내 글을 누가 볼까/ 보고 있을까"(「유언」)고 매일같이 '유언遺言'을 작성하고 있음을 고백한다. 칠순을 넘긴 그는 자신의 가장 큰 관심사는 "인생의 완성"이며 『꼭』은 그것을 향하는 "출발선"(「시인의 말 : 생의 완성을 위하여」)이 될 것이라 토로하고 있는 것이다. 여기서 시인이 말하는 '인생의 완성'이란 곧 '죽음'의 다른 이름이다. 하지만 이 시집에 실린 시편이 '죽음'에 대한 진지하고 침중한 사유와 명상의 결과물이어서 독자에게 심적 부담을 가중하는 것은 아니다. 오히려 이 시편들은 시인의 일상적 삶을 경쾌하고 명랑한 어조로 표현하여 질박質朴하고 진솔眞率한 정감을 환기함으로써 '죽음'에 대한 거부감과 두려움을 희석시킨다.

> 지상의 한 생명이 떠났다는 것은
> 별이 되었다는 뜻이다
> 우주의 모든 것은 별에서 왔기에
> 그가 태어난 우주로 돌아갔다는 뜻이다
> 유한한 세상을 떠나
> 무한한 시공의 주민이 되었으니
> 이제 비로소 이루었다는 뜻이다
>
> ―「죽음」 전문

명색 시인이란 이 가운데 '별'을 시적 제재나 주제로 다루지 않은 사람은 거의 없을 것으로 생각되는데, 유자효는 우리가 이승에서의 삶을 마치면 우주의 별이 된다는 신화적 상상력을 더욱 확장하여 인간과 우주의 일체감을 조성한다. 물론, 이러한 상상력이 유자효만의 고유한 것이라 말하기는 어렵다. 가령 김광섭은 그의 절창「저녁에」에서 "저렇게 많은 별 중에서/ 별 하나가 나를 내려다본다/ 이렇게 많은 사람 중에서/ 그 별 하나를 쳐다본다// (······)// 이렇게 정다운/ 너 하나 나 하나는/ 어디서 무엇이 되어/ 다시 만나랴"고 인간과 별의 일체감을 노래하고 있으며, 윤동주 또한 "별 하나에 추억과/ 별 하나에 사랑과/ 별 하나에 쓸쓸함과/ 별 하나에 동경과/ 별 하나에 시와/ 별 하나에 어머니"(「하늘과 바람과 별과 시」)와 같이 인간의 가장 순수하고 아름다운 마음을 별에 가탁한 바 있다. 인간이 지상에서의 삶을 마감하고 하늘로 올라가 별이 되고자 하는 욕망은 신화와 전설 등 옛이야기에서 시작하여 오늘날의 다양한 담론을 통해 구원久遠한 역사와 흐름을 이어오고 있다. 그들은 지상에서 사라졌지만, "무한한 시공의 주민"인 '별星'이 되어 영원한 존재로 거듭난 것이다.

시인에 따르면, '죽음'이란 바로 조금 전까지 나와 함께 이 세상을 살아가던 지인이 "고인故人이 되"(「속절없이」)어 "다시는 돌아오지 않"(「방제方濟」)는 것이어서 "백발에 눈썹까지 흰 노인이" 꽃들에 둘러싸인 영정 앞에서 "퍼질러 앉아 아이처럼 우는"(「울음2」) 광경을 연출하기도 하지만, 다른 한편으로 '고인'은 "아들을 효자로 만들어" 줄 뿐만 아니라 "문학상도 받게 해주"(「착한 아들」)고, 함께 공부하던 시우詩友들에게 "육개장 한 그릇"(「육개장」)

을 대접하는 등 살아있을 때보다 더 도타운 정을 베풀며 늘 우리 곁에서 함께 웃고 우는 존재들이다. 그들의 육체는 소멸되었을지 몰라도 그들이 생전에 베푼 정과 사랑은 결코 사라지지 않고 어두운 밤하늘의 별처럼 반짝이고 있는 것이다. "평생 그림을 그려온 라인하르트가 마지막으로 도달한 것은/ 화폭에 가득한 검은색/ 어둠"(『완성』)이란 데서 알 수 있듯이 '어둠'은 암흑이나 혼돈, 혹은 무無의 표징이 아니라 온갖 빛깔을 모두 받아들여 완성한 거대한 포용과 적층의 색깔이다. '어둠' 혹은 '검은 색黑'이 모든 빛과 색을 흡수하여 완성되듯이, 한평생을 정직하고 진실하게 살아온 사람들에게 죽음은 "이제 비로소 이루었다"는 자기 확신의 징표인 것이다.

죽음을 삶의 완성으로 받아들이는 시인에게 죽음은 "장대한 사내가 꼭 도시락 하나만 하게 변하는 시간/ 한 시간 반"(『화장장에서』)의 일상사일 뿐이며, "죽음이 없는 곳은 세상에 없"(『몰타』)을 만큼 우리 삶에 편재해 있다. 그러므로 시인은 죽음을 두려워하거나 회피하려 하기보다 그것을 적극적으로 받아들이면서 이제까지 함께 살아온 것에 감사하고 "마지막 떠날 그 길도" 함께 하기를 염원한다.

당신을 만난 것에 감사합니다
함께 해온 시간들에 감사합니다
당신을 만남으로서 탄생한 생명들에 감사합니다

당신이 곁에 있어서 나의 눈이 트였고
세상이 보였습니다
밤길도 무섭지 않았습니다
함께 걸어온 길은 꽃길
가시밭길도 때로 아름다울 수 있다는 것을 보여준
당신에 감사합니다
앞으로 걸어갈 길도
마지막 떠날 그 길도
당신과 함께라면 언제나 꽃길
멀리 있어도
홀로 있어도
당신의 마음과 함께 있으면
그것은 또 언제나 꽃길

—「꽃길」전문

　위 인용시는 '당신' '감사' 등의 시어가 반복되는 한편,
'길'이란 시어가 '밤길' '가시밭길' '걸어갈 길' '떠날 길' 등
의 변주를 거쳐 마침내 '꽃길'로 수렴되면서 평이하고 안
정된 시적 구성과 정신적 상승의 절묘한 화음을 이뤄낸
다. 이 시는 '당신'에 대한 무한한 감사와 굳건한 믿음에
기초하고 있는데, 여기에서 '당신'은 이제까지의 삶을 허
락해주고 함께 슬퍼하고 기뻐해 준 이들, 즉 나와 혈연
으로 맺어진 이들과 그 주변의 친지 모두를 가리킨다.
그들과 함께 살아온 생애를 돌아보니 다름 아닌 "꽃길"
이었다는 소회는 시인의 긍정적이고 낙천적인 세계관을

상징적으로 보여준다. 이와 함께. 시인은 자신이 고희를 넘길 때까지 무탈하게 살아온 것이 "밤새워 비시던 할머니의 비손 덕분"(「비손」)이었고, "이 세상에 나의 것은 없다는 것"과 "나도 본래 없었고/ 또 없어지리라는 것"을 "소학교도 다니지 않았던 나의 아버지에게서"(「내가 배운 것」) 배웠다는 사실을 새삼 절감하며, 결혼하여 제 아들을 안고 있는 "내 아들의 뺨에 어머니의 모습이 어려 있"(「뺨」)는 것을 보고 연면히 이어지는 핏줄의 엄숙함에 문득 마음이 경건해진다.

아기가 걷는다
떠듬떠듬
어색하게 걷는다
이랬을 것이다
까마득한 옛날
우리의 조상 가운데 한 분이
나무 위에서 내려와
땅에서 조심조심 옮기던 그 걸음이
그 첫 걸음이
마침내 오늘의 우리가 되기까지
무수한 시행착오
울음과 성취가 있었을 것이다
이제 막 걸음마를 떼는
내 아기처럼

―「걸음마」 전문

시인은 이제 걸음마를 시작하는 어린 손자의 뒤뚱뒤뚱, 떠듬떠듬하는 불안한 행보를 안타깝고 대견하게 바라보며 아득한 조상과의 혈연의식을 뜨겁게 느낀다. 그런 한편, 저토록 어린아이가 무수한 시행착오를 거치며 번듯한 사회인으로 성장할 것에 대한 기대도 숨기지 않는다. 시인이 "나를 알아보지 못"(「해후」)하지만 "대자연을/ 온몸과 마음으로 아껴야 한다는 것을"(「내가 배운 것」) 가르쳐준 아버지나, "내 아들 속에 숨어 계"(「뺨」)시지만 "꿈에서도 돌아가시는/ 나의 어머니"(「귀성」)를 떠올리는 것도 옛날 "오직 자손의 평안"만을 빌어 "내가 70년을 무탈하게 살아온 것이 밤새워 비시던 할머니의 비손 덕분이었음을/ 할머니의 나이가 돼서야 깨닫"(「비손」)게 되었기 때문이다. 그에게 육친이란 "멀리 있어도/ 홀로 있어도"(「꽃길」) 항상 그립고 보살펴야 할 대상이다. 그러므로 시인이 치매 걸린 아흔 살의 장모에게 특별한 관심과 애정을 보이는 것은 당연한 일이다.

「왜 우니?」 「마광수 시집」 「시험」 「시그널」 「포옹」 「반지」 「거짓말」 등은 칠순을 갓 넘긴 사위가 구십 대 초입의 장모를 보살피다 '시설'에 보내며 기록한 사랑과 존경의 '사모곡思母曲'이다. 맏사위인 시인은 알츠하이머에 뇌전증까지 걸린 장모를 모시고 산다. 장모는 "자식들에게 폐 끼칠까 늘 염려"(「왜 우니?」)하시는 분으로, "몸을 떨고/ 혼자 걷지 못하고/ 조금 전에 약을 먹었는지도 모르고/ 평생을 함께 살던 남편이 있었는지도 모르"는 중증 치매환

자이면서도 "1년에 한 차례 상태를 점검받아야"하는 순간에는 "래미안 유니빌 1313호가 제집인데요 지금 딸네 집에 와 있는 거"(「시험」)라며 총명하게 대답하여 주위 사람을 놀라게 한다. 그 뿐만 아니라 그녀는 제일 좋아하는 책 "마광수 시집"을 "돋보기를 쓰고 열심히 탐독"하면서 "성행위가 노골적으로 묘사된 부분은 아예 접어두기도" 하며, 칠십이 넘은 사위에게 "자네도 이 책을 읽고 쟤를 좀 많이 사랑해주게"(「마광수 시집」)라고 권할 만큼 '사랑'이 가장 소중하다는 것을 뒤늦게나마 깨달은 분으로 묘사된다. 젊은 시절의 그녀는 현숙한 아내이자 어머니였을지 모르나 지금은 도덕이나 인륜의 관습에 얽매이지 않고 순수한 사랑을 나누고 싶은 여성일 뿐이다. 체면과 격식에서 자유로운 그녀의 사랑이 정점을 이루는 것은 맏딸과 맏사위의 집을 떠나 보호시설로 가면서 인조 진주를 박아 만든 플라스틱 반지가 "자신의 손으로 만들 수 있는 가장 좋은 것"이라며 맏딸에게 물려주는 순간이다.

　　그것은 플라스틱 반지였다
　　그러나 인조 진주까지 박아서 모양을 낸 반지였다
　　장모님은 그것이 가장 좋은 것이라며 큰 딸인 아내의 손
　가락에 끼워주었다
　　그리곤 보호 시설로 떠나가셨다
　　이제 자신에게 무엇이 남아 있는지도 모르시는 장모님

자신의 손으로 만들 수 있는 가장 좋은 것을
　　자식에게 물려 주었다

—「반지」 부분

　흔히 부모의 사랑은 가없는 바다 같다고 하거니와, 남
편에 대한 기억도 사라지고 운신도 어려운 미수米壽의 치
매환자가 딸에게 플라스틱 반지를 만들어 끼워주는 장
면은 갓난아이에게 젖을 물린 채 자애로운 눈초리로 바
라보는 어머니의 모습과 하나도 다를 게 없다. 어머니의
사랑, 혹은 혈연血緣이란 끔찍할 정도로 끈질기고 집요한
것이어서 "수십 대에 걸쳐 닳고 풍화하고 뒤섞여"도 "이
어져 이어져"(「묘족 설화」) 후손에게 전해져 영원히 "지워
지지 않는다/ 사라지지 않는다"(「역사」). 내가 부모에게서
피血와 살肉을 받아 태어나 무한한 사랑을 받아 성장했듯
이, 내 자식과 손자 또한 나의 피와 살, 그리고 사랑으로
장성하여 자식을 낳을 것이다. 이처럼 부모와 자식 사이
의 사랑은 불가사의不可思議한 것 같지만, 시인은 "사랑은
수학"이라고 단언함으로써 혈연 간의 소승적 사랑에서
벗어나 인간과 자연에 대한 우주적 사랑을 지향한다.

　　사랑을 하면 나를 죽인다
　　사랑을 얻기 위해 노력할 때 나는 없다
　　보다 큰 사랑을 얻기 위해서는 보다 철저히 나를 죽인다
　　나를 죽이는 만큼

그만큼의 사랑을 얻는
정확함
그 비정함

―「사랑은 수학」 전문

　사랑이 이타적인 행위라는 데 이견을 낼 사람은 없을
터이다. 그런데, 시인은 사랑은 "나를 죽이는" 일이며,
"나를 죽이는 만큼/ 그만큼의 사랑을 얻는"다는 계산법
을 제시한다. 흔히 '사랑은 받는 게 아니라 주는 것'이며
'준 것보다 더 받는다'고 하는데, 시인은 지나친 욕심을
경계하고 있는 것이다. 시인이 '사랑은 수학'이라고 하는
비정하고 낯선 레토릭을 구사하는 것도 자기가 준 것보
다 더 많은 것을 받기를 바라는 게 인간의 이기적 욕심
이라는 점을 잘 알고 있기 때문이다. 하여, 시인은 "그대
아파하면/ 내가 더 아프고/ 그대 아프게 하지 않기 위
해/ 내가 미리 아프고/ 그래도 그대 아파하면/ 차라리
내가 그대 아픔이 되리("가시」)라는 역설逆說을 편다. 이
시적 진술이 역설인 것은 남을 해치고 아프게 하는 속성
을 지닌 '가시'가 거꾸로 "그대 아파하면/ 내가 더 아프"
다고 말하는 데서 연유한다. 뾰족한 날로 상대를 찔러
자신을 보호하는 무기로서의 '가시刺'에서 역설적으로 상
대를 배려하고 스스로 더 아파하는 자비의 정신을 발견
하는 시인의 안목과 성찰은 놀라운 것이 아닐 수 없다.
이렇듯, 유자효의 근작시는 인간의 사상과 감정을 글로

표현해 인간의 성정을 바르게 하는 것이 시라는 고전의
명제를 다시 생각하게 한다.

『상서尙書·순전舜典』에서 순임금은, 시란 인간의 사상과
감정을 표현한 것이고, 노래는 그 말을 길게 늘인 것이라
고 하였다. 성인의 이와 같은 설명으로 시와 노래의 의미
가 분명해졌다. 이처럼 인간의 마음속에 있는 사상과 감정
을 언어와 문자로 표현한 것을 시라 한다. 글과 말로 사상
과 감정을 표현한다는 시의 의의意義가 이로써 분명해진다.
시란 지持, 생각을 바르게 하여 인간의 성정을 지키는 것이
다. 『시경』의 시 3백편을 한 마디로 말하면 사악한 생각이
없는 상태에 도달하는 것이다. 시를 단정함을 지켜나간다
는 의미로 해석하는 것도 이런 원리와 부합한다. 인간은
희노애락애오욕의 칠정을 지니고 있는데 이 감정은 외부
사물의 자극을 받아 감응을 일으키며 이 감응을 통해 사상
과 감정을 노래로 표현하는 바 이 모두가 저절로 그리 되
지 않은 게 없다(大舜云 詩言志 歌永言 聖謨所析 義已明矣
是以 在心爲志 發言爲詩 舒文在實 其在兹乎 詩者持也 持
人性情 三百之蔽 義歸無邪 持之爲訓 有符焉爾 人稟七情
應物斯感 感物吟志 莫非自然,「明詩」,『文心雕龍』).

사람은 누구나 감정을 지니고 있고 그를 언어로 표현
하려는 욕망을 갖는다. 하지만 사상과 감정을 표현하는
방식은 저마다 달라 일정한 체계나 규칙을 따르지 않는
다. 자신의 감정과 사상을 말과 글로 표현한다고 모두

시가 되지 않는 것은 시에 나름의 체계가 있으나 그를 따르기 어렵고, 그것을 맹목적으로 모방한다고 시가 되지 않기 때문이다. 유자효의 근작시는 평이한 어휘와 자연스러운 어법으로 죽음과 사랑, 그리고 문학을 노래한다. 그는 일상의 사소한 체험을 흘러 넘기지 않고 그것에서 삶과 죽음, 사랑과 예술의 본질을 발굴해낸다. 이를테면 그는 문득 "어질고 어지시던 우리 엄마가 큰 사위 먹이신다고 정성 들여 기르던 씨암탉의 목을 원한에 차서 비틀었을 리가 없다"(「작은 물음」)거나 어디선가 "눈이 일상인 에스키모들이 가장 무서워하는 것은 눈"이란 말을 듣고는 "일상은/ 가장 무서운 것/ 가장 아름다운 것"(「일상」)이란 진실을 발견한다. 이처럼 그는 일상적 체험을 통해 깨달은 어떤 진리를 마치 자신이 처음 발견한 양 너스레를 떨거나 과장하지 않는다. 오히려 그는 그런 깨달음을 할머니나 부모님, 또는 어린 손자에게서 받은 영감靈感이라 겸손해한다.

조수미가 말했다
예술은 운명
모든 것을 희생시키고
오직 그곳에서만 찾는 기쁨
그 고통에 감사하는
예술가의 삶은
선하고 아름다워야 한다

물거품이 된 인어 공주처럼
죽어 별로 돌아간 어린 왕자처럼

—「예술론」 전문

    이제 고희를 넘긴 데다 시를 50년이나 써 온 시인이라면 나름의 '시론詩論'이나 '예술론' 쯤은 피력할 만도 하건만, 유자효는 "예술은 운명"이란 말에 공감하면서도 그것을 굳이 "조수미가 말했다"며 자신은 뒷전으로 물러난다. 딸이 태어나면 자신이 하고 싶었던 성악가로 만들겠다고 결심한 어머니 덕분에 조수미는 다른 선택의 여지가 없이 "태어나자마자 바로 성악가가 되어야 하는 운명이 주어졌다"고 한다. 그녀는 데뷔 30주년 인터뷰에서 "예술가는 청중을 위해서 존재합니다. 많이 주면 줄수록 돌아오는 사랑은 더 커집니다"고 했는데, 이는 앞에서 본 유자효의 '사랑론'과 부합하는 것이다. 그렇다고 이런 사랑론이 조수미나 유자효만의 독특한 생각이라고 말할 수는 없다. 오히려 그것은 동서고금을 통해 많은 사람들의 지지와 공감을 얻어 질긴 생명력을 지닌 일반론적 사랑관이라고 하는 게 옳다. 유자효와 조수미는 그러한 일반론을 순수하게 받아들여 적극적으로 실천하려는 의지를 보여준다. 예술을 운명으로 받아들이는 과정에는 부단한 노력 못지않게 번민과 갈등으로 밤새운 나날이 있었을 것이다. 어떻게든 예술에서 벗어나려던 처절한 자기부정의 뇌옥에서 벗어났을 때 비로소 예술은 운명이 되는 것이다. 그러기 위해서는 많은 것을 희생해야 하고, 오직 그것을 통해서만 위안과 행복을 느낄 수 있어야 한다. 그 모범적인 사례를 인어 공주나 어린 왕자 같은 이야기 속의 주인공에 빗대어 설명하는 것은 그들이 동심을 잃지 않고 순수한 마음을 간직한 존재이기 때문이다. 칠순을 넘긴 최근의 심경을 유자효는 짐짓 그렇게 에둘러 표현하며, '완성'에 이를 때까지 "선하고 아름다운" 삶을 살며 시를 쓰겠다고 다짐하는 것이다.

지금까지 유자효의 근작시를 '별, 꽃길, 시(예술)'이란 세 항목으로 나누어 살펴보았다. 이에 따르면 유자효의 최근 관심사는 혈연에 대한 끈끈한 사랑의 확인으로, 이는 삶의 완성 즉 깨끗하고 아름다운 '죽음'을 준비하는 일이다. 그는 이제까지 시인으로 살아온 삶을 '운명'이라 여기며, 라인하르트가 캔버스를 완전한 검은색으로 채우고 존 케이지가 침묵을 연주(「도심의 禪」)하듯 자기만의 시세계를 추구하고자 한다.

잘라서 두 달을 말리고
반으로 짜개서 두 달을 말리고
장작으로 만들어 두 달을 말리고
마침내 가마에 넣어 불을 붙이면
뽀얀 재만 남기고 사라지는데

깨끗한 죽음의 뒤에 찬란하게 수습되는

자기, 도기들

—「소나무」전문

　소나무는 자기瓷器와 도기陶器의 완성을 위해 자신을 온
전히 희생한다. 도자기를 굽는 데 쓰이는 소나무 화목을
만드는 과정은 단순하지 않다. 소나무를 베어 두 달을
건조한 뒤 다시 그것을 반으로 잘라 또 두 달을 말리고
그 소나무를 서너 조각으로 뽀개 또 두 달을 말려야 완
전히 수분이 고갈된 장작이 되어 불가마에 넣어지는 것
이다. 한 개의 아름다운 도자기가 완성되기 위해서는 도
공의 숙련된 솜씨 못지않게 정성 들여 마련된 화목火木이
있어야 한다는 사실을 아는 이는 그리 많지 않을 듯하
다. 그런데 유자효는 소나무가 잘려지고 쪼개지며 건조
되었다가 "뽀얀 재만 남기고 사라"져야 '잘 구워진 도자
기(The Well-Wrought Urn)'를 얻을 수 있다는 것을 아는
시인이다. 그의 시가 쉽고 간결하여 아무 노력 없이 그
저 얻어진 것 같지만, 그 간결하고 소박한 언어와 형식
이 오랜 사유와 절차切磋 없이는 결코 얻을 수 없는 것이
라는 사실을 연륜이 깊은 시인은 모두 인정할 터이다.
　유자효는 중국 장강長江을 여행하며 "열정, 분노, 사랑/
모두 사라져 가"(「장강에서」)는 것을 체감하고, "천 길 낭
떠러지 유리잔도"의 명소인 장가계에서는 무언가 "무서
워 벌벌 떨며 걷던 젊은 날"(「잔도를 걸으며」)을 떠올리기

126

도 하지만, 한국과 하루의 시차時差가 나는 시실리에서는 "내 인생의 하루를 벌었으니/ 더욱이 그만큼 바쁠 게 없다"(「시실리의 시간」)는 여유를 찾는다. 그의 시적 행보와 여행은 앞으로도 계속되겠지만, "지금까지의 일은 모두 잊어버"리고 "돌아보지 않고서"(「풍도 귀성」) 가는 방법과 지혜를 얻은 그의 소요유逍遙遊는 보다 경쾌하고 명랑하고 그윽해질 것으로 예상된다. 고희를 넘긴 그는 "먼 산이 보인다/ 그 선이 또렷해졌다"(「고희」)고 자랑할 만큼 정신이 맑은 데다, "살아 있는 우리/ 꿈은 꾸어야만 한다"(「꿈」)며 앞으로의 삶을 더욱 활기차게 보낼 마음의 준비를 마쳤기 때문이다.